오늘도 출근합니다

절망의 오피스레이디

오늘도 출근합니다

글 · 그 림 킵고잉

RHK
알에이치코리아

차례

1장

쑥쑥이의 이중생활

쑥쑥이의 이중생활

오늘도 점심시간에 남몰래
퇴직금을 계산해 보았다.

프로 직장인의 시간관리

프로 직장인의 시간관리는
철저하지!

특히 잠이 모자란 아침엔
1분을 10분처럼 쓰지!

신입사원 때,
1시간 일찍 일어나 준비했다면 —

시간 충분해~

숙면中 시간계산
초동물적 감각

프로 직장인이란 모름지기
1시간 하는 일을
10분만에 끝낼 수 있어야지!

봉두난발

혀만 닦자

양치질 3분? 훗–
프로는 3초
칫솔을 넣다 뺀다.

1베개
자국

베개 자국과 립스틱이
한번에 보이는
아방가르드

화장 30분? 훗!
프로는 1초
입술만 그린다–

옷은 윗도리만 바꿔 입지—

어제   오늘   그리고 내일

가방, 지갑은 노터치,
뭐든지 다 들어 있는데
어느 정도냐면,

없는 게 없음
↙

가끔씩 3년 전
편의점 영수증도 나온다.

이건 뭥미 --;;

아침 출근길에
누군가를 만나면 낭패지만,

아침의 내 모습,
내 입냄새는 나 만의 것!

출근 10분 후!
나는 영락없는
프로 직장인으로 돌아온다-

TIP!
시간관리 잘못해
혹시 지각하는 날엔
빈 손으로 출근해보세요.
(주머니 많은 옷, 필수)

NO
가방

잠깐
바람 쐬러
나갔다 오는
콘스프레

인생 그리고 직장인

인생은 멀리서 보면 희극이고

가까이서 보면 비극이다.
- 찰리 채플린 -

직장인은 멀리서 보면 전문가고

가까이서 보면 걍… 이런 거.

잉여어게인

일이 안 된다
집중을 할 수가 없다.

심기일전,
책상 정리부터 하자!

책상 정리하다
2년 전 다이어리를
발견한다.

풋! 오글 오글
이거 내가 쓴 건가...
어?

오 ... 오빠...

지대로 좀 덤벼볼 걸,
이게 뭐야, 헐
몰라도 너어무 몰랐어-

뭐 이러다 보면
3시간 훌쩍 가 있다.

퀵퀵~

정신 바짝
차리자!

인터넷으로 자료를 찾고
워드로 요약정리 하자!

무하안~도전!!

앗! 유재석!

무한도전 박명수
              꽃청춘
유재석 응답하라
                    네이버
트위터 개론 블로그 이메일
  페이스북   ...

이러다 보면
저녁 먹을 시간-

제 기 랄 ㅡㅡㅑ

킬리만자로의 레이디

킬리만자로의 표범은 먹이를 찾아
산기슭을 어슬렁거리고

나는 주간보고거리를 찾아
PC 주변을 어슬렁거린다.

＊주간보고: 지난주 실적과 다음 주 계획을 보고.
시국이 하수상하면 일일보고 대참사도 발생함.

미스터리다.
일주일 내내 엄청 바빴는데
주간보고 쓸 거는 한 개도 없다.

난...무언가 하긴 했다
나조차 기억하지 못할 뿐이다

바람처럼 왔다가
이슬처럼 퇴근했잖아
내가 일한
흔적일랑 남겨둬야지

한 줄기 연기처럼
가뭇없이 사라져도
빛 나는 주간보고
남겨봐야지 ...ㅠㅠ

나만 빼고 행복하긴가

가끔 외근을 나와

거리에 서보면

햇빛, 웃음, 여유.
나만 속고 살아온 것 같은
배신감이 든다.

난~ 참~
바보처럼
살았군요~

세상은 아름답고,
다들 이렇게 행복하다는 거,
나만 모르고 있었던 거야?

정체성

정체성.

이건 질풍노도의 청소년만
고민하는 문제가 아니다.

직장인이 되고 나서도
이 정체성 고민은
사라지지 않았는데.

조금 웃기지만,
난 이국의 공항에서
정체성의 혼란에 빠진다.

바로 입국신고서.
이 놈을 마주할 때다.

문제는 요놈!

디자인하는 사람이면
Designer

코딩하는 사람이라면
Programmer

요리하는 사람은
네~ Chef

그런가 하면,

우주 비행사는 Astronaut
정육점 주인은 Butcher
빵 굽는 사람은 Baker
뉴스를... 공학자는 Engineer
기자는 Journalist
학생은 Student

그런데 그냥 회사원은 뭐지?

그래서 직장인 친구
무려 3명에게 물었습니다.
두둥~!

Q. 회사원을 영어로 뭐라고 써야 하나요?

번역가 김양

> 난 Employee라고 쓰지

>> 피고용인이라니,
>> 정체성이라고 하기엔
>> 너무 슬퍼서 NG.

전자회사 구월

> 난 가우스전자라고 쓰는데?

>> 그건 직장이지,
>> 직업이 아니잖아? 탈락!

백수이자 덕후 전씨

> 오피스레이디?

>> 남자는 뭐라고 쓰는 거야?

흠 -

도대체 회사원은
뭐라고 써야 할까요?

이제부턴
장래희망이라도 쓰려고요.

(Actress 라고 써보고 싶다~)

소소한 즐거움

주말에 붙은 공휴일

금요일 오후의 외근

회의실, 가끔의 커피 수다

그리고 … 상사의 휴가!!

회사 잘 지켜~!

훌륭한 상사보다 더 좋은 상사는 부재중 상사.

상사의 휴가가 끝날 때쯤
내 휴가를 쓰면,
기쁨이 배가 됨.

그리고,
소소한 즐거움을 마무리할 즈음,
가을이 온다 -

돈을 쓰다

아침

오후

밤, 세 시간째 인터넷 쇼핑

+ 5 0 0 원

다음날 아침

- 1 만원

월급날

일년 후

그러다 인터넷의 어느 현자가
젊은이들에게 한 말에 큰 깨달음을 얻었다.

유레카!

djko****
차 몰고 다니면서 주말에 데이트는 해야 하고
커피 한 잔 안 하면 허전해 하면서 어렵다고
징징대지 마라. 술 끊고 담배 끊고 대중교통
이용하면 바로 100만원 저축이 가능하다.
그렇게 10년 모으면
ㅆㅂ 전세값도 안되네. 그냥 쓰고 살아라.

현자의_가르침.txt

어느 직장인의 소심한 일탈기

아침에 눈을 뜨니
어쩐지 조금 찌뿌둥하다.

비몽사몽 밑바탕만 바르고

회사에 가는데
하늘이 너무 파랗다.
그날따라 일도 별로 없고, 그래서…

회사에서 아픈 사람
코스프레를 시작했는데 …

아픈 척하다 보니
정말 아프다 …??!!

회사를 나올 땐 정말로
머리가 아프고 토할 것 같았다.

하지만 회사 문을 나선 순간!

반나절 미드 폭풍 감상하고
다음날 죄책감 때문에
불꽃업무했다는 후문 -

날 것 그대로의 꿈

평소에는
일도 열심히 하고,

틈틈이
영어 공부,
중국어 공부도
조금씩 하지만,

사실
내 마음속
숨겨둔 꿈은…

박명수와 같다.

아무 에게도
말하지 못하는
속마음 ... ㅆㅣ

긴축재정

염색을 하려니 미용실 염색 20만 원 —
머리에 금가루를 뿌리는 것도 아닌데!

그래서 셀프염색 하기로 했다.
하고 나면 왠지 돈 번 기분이라니까.
훗!

거품염색 ♪

그래도 뒷 머리는
누군가 해주었으면…

전세를 찾아서

직장 생활을 10년쯤 하면
내 집 하나쯤은 있을 줄 알았다.
드라마의 주인공들은 다 넓은 집에
살았으니까.

하지만 현실은
벌면 오르고
벌면 또 오르고

그러던 어느 날,
집주인에게서 집을 비워달라는
전화를 받고 집을 구해보기로 하는데

평소에도 심각한 결정장애를 가지고 있던 쑥쑥…
부동산이라는 신세계에서 그 꽃을 피우게 된다.

대체 서향은 왜 안 되는지
(햇빛 잘 들지 않나?)

베란다는 왜 그리 중요하다는지,
(빨래는 방에서 말려도…)

이유도 모르면서
모든 조건들을 샅샅이 뒤져 보는데 −

거대한 부동산의 바다에서
조개껍질을 줍는 심정으로 열공

하지만 열공의 끝은
무식 재발견. 헐~

융자, 등기부,　@#$%^&%ㄱ
채권최고액,
우선변제

멍―

한국말
맞아?
외계어 같아

어질 어질~

그렇게 한 달여를 고민고민
허송세월 한 후,
거리에 나앉을 위기가 엄습하자
이판사판 공사판 심정이 된다.

그리고
공인중개사라도 될 것처럼
공부하던 모든 것을 내려놓고,

창밖으로 보이는 나무를 보고
집을 결정하는
황당한 시츄에이션.

이젠 정 붙이고 살면
거기가 내 집이다, 할 뿐
그리고 한 달이면 잊혀질
새로운 꿈도 생겼다.

다음엔
공인중개사 도전이닷!!

아하하하하하!

노을 진
아파트 촌을
바라보며—

낯선 집의 첫날 밤

이사한 첫날 밤,
방 밖에서 들리는
우우우우웅…
정체불명의 소리.

나가서 문을 확-
열어보기도 하고,
불을 번쩍 켜보기도 한다.

도둑이면 썩 물러가라!
우우웅 소리를 들으며
잠에 빠졌는데,

다음날 보니
집 옆 주차장에서
차 출입 때 나는 사이렌 소리

그려, 참을 만해…

2장

오늘도
출근합니다

비상사태 대응 신공

가끔은 이런 일이 있다.
김부장 욕을 김부장에게 보내버렸을 때.

두뇌 풀가동.
위기를 극복해보자.

위기대응비법 1. 후속메시지 투하

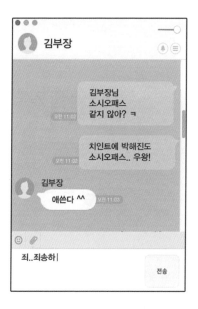

*부작용: 대화가 어색하다.

위기대응비법 2. 게릴라전법

김부장이 자리에 없다면,
김부장 PC로 가서 메시지 삭제.

위기대응비법 3. 극단주의

김부장이 자리에 없어서 PC로 갔더니
화면보호기가 걸려 있을 때.
뽀…뽑아버린다.

*부작용 : 폭풍 야근

　　　　모니터만 끄면 대재앙 발생

상대방 잘 확인하고
메시지 보냅시다.

십 년 감수합니다.

큰일 날 뻔했자나

다음 주가 부장 휴가였다니
나도 휴가 낼 뻔했는데
안 내길 잘했자나.
큰일 날 뻔했자나.

여긴 어디,
난 누구‥,
오늘은
원요일?

오늘이 휴일이었다니,
깜박하고 출근할 뻔했자나.
가슴 철렁했자나.
완전 대재앙 날 뻔했자나.

다음 달 출장이라고 좋아했더니

상무도 같이 가게 됐자나.
큰일 났자나.
헬게이트 열렸자나.

친구 전화를 받으면서
"감사합니다. 쑥쑤기입니다"
하고 말았자나.
그것도 도레미파쏠톤으로.
직업병 생긴 거자나.

짜증 나서 지하철 개찰구에
사원증 대면서
왜 안 열리냐고 계속 댔자나.
이 정도면 산재 맞자나.
쪽 팔리자나.
그러자나.

달인

그리고 우리는
발자국 소리만으로
상무님인지, 김대리인지 안다.

직급이 올라갈수록
발소리도 커진다는 게 싱기

직장인 잠자기 신공

춘삼월
춘곤증

부장님은
자리에서 주무시지만
우리는 어디서
자나요?

임원에겐 방이 있지만,
나에겐 화장실이 있다.

가끔은 꿈도 꾼다.

뒤통수에 눈

팀장이 된다는 건
뒤통수에도 눈이 달리는 그런 거다.
지금 누가 채팅중인지
누가 지각하는지 다 보인다.

그리고 그렇게 부장도 나를
지켜보고 있다.

진퇴양난

해마다 조직개편
인사철이 오면 우리는

승진을 못하면 루저가 되고

승진을 하면 노예가 된다.

저녁이 있는 삶도 살면서
승진도 하는 건,
정말 꿈인가요?

쿼바디스 도미네…

상또라이 질량 보존의 법칙

이런 직장괴담이 전해져온다.

언제 어디서나
일정수의 상또라이가
존재한다고.

또라이

폭언, 악담
너는 나의
노예~

그 상또라이가 떠나면
조용히 있던
덜또라이가
상또라이로 등극한다.

호랑이 없을 땐
알쥐? ㅋㅋ

으하하하~

음?
"우리 회사에는 또라이가 없는데??"싶으면
그 또라이는 바로…

너

시간이 지나면 당신도 될 수 있다.
그 또라이.

＊ 숭어 있던 숭또라이가 더 무섭다.

동물의 왕국

주간회의 시간에 보면
동물의 왕국 같다.
포효하는 사자, 늑대,
하이에나가 드글드글,
우리는 일벌 정도 되려나.

예의 없는 것들

부장이라고 막
반말해도 되나?

부장이라고
점심 먹고 대놓고 자도 되나?

부장이라고 막
방구 껴도 되나?

나는 졸음도 방구도
다 참는다.
나는 을의 자세로 일하고 있다.

미스터리

수많은 보고서를 쓰다 보면
가끔은 이런 일이 있다.

조신

열심히 만든
보고서 A

빠꾸- 다시
해-!

불꽃 업무
폭풍 고민

A를 A'로 써볼까
아냐, 아예
B로 새로 쓰는 게 낫겠어!!

팀장님,
보고서 B 입니다!
(훨씬 좋아졌어 ㅋㅋ)

빠꾸야!
다시!!

대체 뭐가 문제지
그래, C로 해보자

어쩌란 거냐!

난 이제, 아무 생각이 없다.
생각할수록
처음 했던 A본고가 나은 거 같아.

제길…
몰라─

"다시 수정하였습니다."

↖ 조사만 바꾼
처음 보고서 A

오! 그래!!!
이게 내가 찾던
내용이야!!
이렇게 할 수 있으면서,
왜 처음부터 이렇게 안 했어?

역시
쓱쓱이─

이런 ㅁㅊ… ○ ○○

조사만 바꾼 처음 보고서인데…
알 수 없는 노릇이다─

팡당

이 것 은
불 가 사 의

내 원형탈모에 머리카락이
나기도 전에 잊으신 건가요"?

천재와 일하기

부서에 박사 출신 과학자가 들어왔다.
어느 날, 회의 시간에 32×46은 뭐지, 하는데
그 후배가 "1,472"라고 했다.

퇴근길에 암산을 해보았는데 곱셈은커녕,
구구단도 헷갈려
2단부터 9단까지 외워보았다.
(7단이 의외로 헷갈렸다. ㅡㅡ ;)

세상에는 신기하고 잘난 사람들이 참 많다.
그림은 내가 좀 더 잘 그리려나?

설마.
그림도 막 피카소처럼 그리고 이러면
세상에 화낼 거야!

멘탈싸움

홍부장은 회사에서 소문난 싸이코였다.

액션 아이템과 데드라인 압박
그리고 수십 번의 보고서 빠꾸가 주특기.

그 정도야 회사에서 흔한 일이지만,
홍부장에게 보고하는 누구나
폐인이 되어 나왔다.

퇴사와 원성이 이어지자
인사팀은 조용히
홍부장을 내보내기에 이른다.

회사를 그만둔 홍부장은
우리 회사 협력 업체 이사가 되어
돌아오는데,

마침 홍부장에게
호되게 당했던 신구월 과장,
어디 한번 해보자는 마음으로
미팅에 참여한다.

어쩐지
조금
긴장돼…

아니나 다를까 홍부장,

"액션 아이템라 데드라인 알죠?"

훗

이 말을 듣고 구월이,
회심의 미소를 띠며 외치는데

그 입, 다물라
ㅠㅠ

아직도 핍박받던 시절에서
벗어나지 못한 구월이,
울분을 참지 못하고
당한 만큼 갚아주고자
다음 미팅을 준비하는데

얼굴 보자마자 이랬다 한다.

"오셨습니까~
이사니임~♥"

방가방가
벌떡~

(너무 예의바름)

갈구기 신공은
보통의 내공으로
할 수 있는 게 아니었다.

회사도 인생도
멘탈 싸움이다.

보이는 대로

똑똑한 사람은 입체적 사고를 한다지.

그런 걸 중시하다 보니
입사면접 때 이런 요상한 문제도 나온다.

그렇게 어렵게 들어온 직원들은
어찌된 일인지 시간이 지날수록
평면적 사고도 못하게 되는 경우가 허다한데—

이를테면—

어느 날,
보고서 작성날짜를
쓰면서는

오늘 날짜가
2006년\\\

2006년은 십 년 전에
지나갔습니다. ㅠㅠ

뭐 이런 식 –
그러다 어느 날은
입체적 사고를
한답시고

김대리
오늘 휴가네 –

뭐야?
김대리 결근,
그 속사연은 ??!!

뭐?
이번에 김대리
승진 안됐는데
업무는 폭주하고
내년 승진도 불투명하니
일 났나보다!

나, 흐늘갑 떨고 있니?

오늘
건강검진
이라고

아하!
그랬구낭 ㅋㅋ
강대리가 그럴 사람이 아니지 ~
(실망~ 왤케 애들이 착해? ㅠ)

입체적 사고든 아니든
보이는 것만 받아들이기에도
벅찬 세상이다.

보이는 대로···

주말 약속은 없지만
그래도 행복해요,
좋아하는 만화책
품에 안고 –
헤 헤 헷··· ^^

승진이 되건 말건
입체적 사고를 하건 말건,
장기적 계획 따위
개나 줘 버려 ···

방망이 깎던 과장

회사에선
당장, 아삽,
오늘 내로, 긴급상황,
비상사태, 이머전시
이런 말이 너무 많지.

그래서 가끔은
이런 꿈을 꾼다.

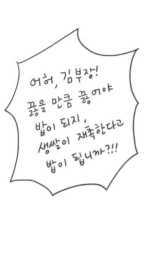

어허, 김부장!
끓을 만큼 끓어야
밥이 되지,
생쌀이 재촉한다고
밥이 됩니까?!!

얌만 한 양반이...

생기다 만 알을 꺼내면
계란이 됩니까?

이제 2만
됐으니까
보고서 보내!!!

다른 데 가서
알아보시우.
난 보고서
안 쓰겠소!

휙ㅡ

난 지금
방망이 깎는
과장이랑께

그렇게 보고서를 완성하면 –

하지만 현실은 …
사장이 시킨 보고는 먹이사슬의
최하단 사원까지 전달되고

방망이 깎던 노인은 개뿔,
1시간 내에 몇 가지 일을 동시에 처리하는
인간 자판기가 된다.

끝내려니
요런 것도 해보고 잡다.

하지만 역시 현실은…

임파서블은 임파서블인 세상,
안 되겠니? 부장님, 네??

— THE END —

메기론의 결말

상무님은 늘 논에 메기가 있어야 미꾸라지가
튼튼해진다면서 메기론을 강조하셨다.

메기론(Catfish Effect)의 유래
북해에서 잡은 청어를 운송할 때 천적인 메기를 함께 넣으면,
청어가 생존을 위해 도망 다니면서 목적지까지 산 채로
운반할 수 있다는 데서 유래. 기업의 경쟁력을 키우기 위해
적절한 자극이 필요하다는 경영이론.

위기와 싸우면서 강해지기 때문에
기업에서도 위협과 경쟁이 더 우수한 일꾼을
만든다고 주장하셨는데,

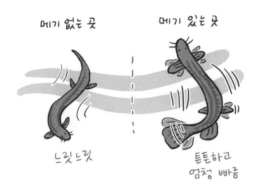

연구에 따르면
단기적으로는 맞는 말이지만
장기적으로는 수명이 줄어들고
생식률도 현저히 떨어진다고 한다.

헐- 이거,
미꾸라지나 사람이나
다 똑같네?

메기 새끼···

가만 안두겠어······

그리고 상무님은 상무님 자식에게도
메기론 강조할 수 있으면
우리에게도 하십쇼!

사무원

-김기택

이른 아침 6시부터 밤 10시까지
하루도 빠짐없이
그는 의자 고행을 했다고 한다.

제일 먼저 출근하여 제일 늦게 퇴근할 때까지
그는 자기 책상, 자기 의자에만
앉아 있었으므로
사람들은 그가 서 있는 모습을 여간해서는
볼 수 없었다고 한다.

점심시간에도 의자에 단단히 붙박여
보리밥과 김치가 든 도시락으로 공양을
마쳤다고 한다.

그가 화장실 가는 것을 처음으로 목격했다는 사람에 의하면
놀랍게도 그의 다리는 의자가 직립한 것처럼 보였다고 한다.

그는 하루 종일 損益管理臺帳經과
資金收支心經 속의 숫자를 읊으며
철저히 고행업무 속에만 은둔하였다고 한다.

종소리, 북소리, 목탁소리로 전화벨이 울리면
수화기에다 자금현황, 매출원가, 영업이익,
재고자산, 부실채권 등등을
청아하고 구성지게 염불했다고 한다.

끝없는 수행정진으로 머리는 점점 빠지고
배는 부풀고 커다란 머리와 몸집에 비해
팔다리는 턱없이 가늘어졌으며
오랜 음지의 수행으로 얼굴은 창백해졌지만
그는 매일 상사에게 굽실굽실 108배를
올렸다고 한다.

수행에 너무 지극하게 정진한 나머지
전화를 걸다가 전화기 버튼 대신
계산기를 누르기도 했으며
귀가하다가 지하철 개찰구에 승차권 대신
열쇠를 밀어 넣었다고도 한다.

이미 습관이 모든 행동과 사고를 대신할 만큼
깊은 경지에 들어갔으므로
사람들은 그를 '30년간의 長座不立'이라고 불렀다 한다.

그리 부르든 말든 그는 전혀 상관치 않고
묵언으로 일관했으며
다만 혹독하다면 혹독할 이 수행을
외부압력에 의해 끝까지 마치지 못할까
두려워했다고 한다.

그나마 지금껏 매달릴 수 있다는 것을
큰 행운으로 여겼다고 한다.

그의 통장으로는 매달 적은 대로
시주가 들어왔고
시주는 채워지기 무섭게 속가의 살림에
흔적 없이 스며들었으나
혹시 남는지 역시 모자라는지
한 번도 거들떠보지 않았다고 한다.

오로지 의자 고행에만 더욱 용맹정진했다고 한다.

그의 책상 아래에는 여전히
다리가 여섯이었고
둘은 그의 다리, 넷은 의자다리였지만
어느 둘이 그의 다리였는지
알 수 없었다고 한다.

회사에서 무념무상 지내다가도
앞자리 부장을 보면 불안감이 엄습한다.
잘 돼봐야, 저 자리란 말인가.

🔔 3장

베뤼 비지한
주말 잉여

나홀로 불금

약속 없는 불금,
슬리퍼 신고 동네에서
맥주 한잔 할 수 있는
동네친구가 필요하다.
아니면,
브리짓 존스처럼
혼자 마신다.
올- 바- 마- 셀-

베뤼 비지

금요일 퇴근길 생각은 이랬다.
주말엔 밀린 일들을 해야겠다.

토요일 새벽이다.

해가 뜨고 있다.
벌떡 일어나서…

긴장해!
벌써 오후야!!

저녁이다.
시간, 시간이 없다.

밤—

주말은 누워서 생활.
지금도 누워서 핸드폰 만지작 ㅡㅡ;

일요일의 끝을 잡고

일요일 저녁 7시

이때까지는
괜찮았는데…
마음을
다잡았는데

밤 11시가 되자

23시 PM
개콘도 끝…
그리고
주말도 끝…

밤 11시, 평화롭던 나는

한밤의 폭주를 시작한다

이것은 소리 없는 아우성

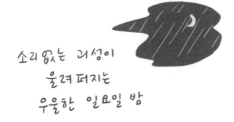

소리 없는 러성이
울려 퍼지는
우울한 일요일 밤

주말 잉여 잉여질

주말에 일해야 해서
카페에 왔는데
진짜 진짜 하기 싫다.

커피 마시면서
잠깐 블로그 보고,
뉴스 보고,
메일 보고,
SNS를 보고 나면,

노느라
넝넝 피곤해, 잉잉

전자파 때문인가,
어우, 피곤해…
집에 가자

(한 것도 없는데 집에 가면 푹 쉰다.)

18시간 수면신공

피곤해서 저녁 7시에 잠들었는데
일어나 보니 1시였다.
다음날 오후 1시.

자다 보니 더 피곤해서
잠이 잠을 부른다.

오후만 있던 일요일,
왜 자냐건,
웃지요.

헬스장

헬스를 하고 나오며 거울을 보니
은근 괜찮아 보였다. 훗!

어깨에 힘이 빡 −
들어가서 나와 보니
웬 비너스가 서 있었다.

빨리 짐을 챙겨 나와버렸다.

잉여예찬

어떤 위기는 게으름이 아니라
부지런함 때문에 생긴다지.

어쩌면 지금 느끼는
여긴 어디, 난 누구의 위기는
세상 사람들이 말하는 대로
너무 부지런히 따라왔기 때문인지 모른다.

가수 조영남의 히트곡 〈화개장터〉,
김한길의 공전의 히트작 〈여자의 남자〉

이런 작품들은 모두 그들이
미국에서 잉여로 살 때
나온 것들이라는데.

우리의 잉여질은
이보전진을 위한
일보후퇴일 뿐이다.

행복총량보존의 법칙

평소에는 이런데

수요일부터 연휴인 연휴기간에는 이렇다.

월요일

이틀만 버티자 가뿐해...

희망

화요일

ㅋㅋㅋ ㅋㅋㅋ
극도의 흥분

수요일

목요일

금요일

토요일

열음!

일주일 다 간 거야...?

일요일

아앙

으 히이이이 이이잉잉잉... ㅠ-ㅠ

100년은 늙는 기분...

내일, 워...월요일이네?

우리들의 가요무대

예전에 어느 마을에
80대 할아버지, 할머니들을
모셔다가

그 분들이 젊었을 때
TV 프로를 방영하고,
그때 음악을 틀어주며,
그때의 달력을 걸어두었더니

거동을 잘 못하시던
할아버지, 할머니가 걸으시고,
신체나이도 젊어졌다 한다.

지난 주말에 무한도전
토토가를 보는데
이 미스터리를 직접 경험한 것 같다.

난 귤을 먹으며 TV를 보고 있었고

그러다 노래를 하고 있었고,

춤도 추고 있었고

그러던 중 문득
그 노래들을
함께 듣고 부르던,

지금은 잊혀진 사람들 생각에
조금 눈물이 났는데

불현듯!!!

··· 어딘지
닮았다···

경양식집의 추억

어렸을 때 외식하던 날
경양식집에 가면
나비넥타이를 맨 아저씨가 와서
주문을 받았다.

주문을 하고 나면
웨이터 아저씨는
이렇게 물었다.

그러면 나도 엄숙하게 주문한다.

자연스러웠어!
밥은 집에서 맨날 먹으니까, 훗.

어느 레스토랑이나 똑같이
옥수수맛 콘스프가 나오고

가끔 인디안밥
뿌려져 있음

함박스테이크를 한 번에
썰어놓고 먹다 보면,

어느새 아저씨가 다가와
이렇게 묻는다.

디저트는 뭘로
하시겠습니까?

그러면 다 알면서도 꼭 이렇게
물어본다.

그럼 또 엄청 고민한다.

경양식집의 어둑하고
무거운 분위기가 좋았다.

함박스테이크 하나로 설레였던 우리와
젊었던 부모님,

다시 그때로 돌아갈 수 있다면-

추석 그 후

요요야, 와라!!!

다 먹은
접시…♥

벨트 따위
풀어두고,
(임산부 아님)

추석에 호연지기 폭발,
엄청 먹었다. ㅠㅠ

게임의 맛

친구와 얘기했다.
어떻게 게임을 잘할 수 있냐고.
난 진지했다.

친구도 진지하게 답했다.

열심히 하다 보면 운이 찾아온다고.
그리고 돈도 쓸 줄 알아야 한다고.

게임에 대한 대화인지
인생에 대한 대화인지
헷갈린다.

돈과 운, 노력 …
인생의 맛,
캔디크러시.

인생을 닮은 게임 플레이,
그러나 게임을 지우고 나서야
인생을 살게 되었다 ㅠㅠ

주말 유감

RING
RING

주말 기분 엄청 좋았는데
행복한 토요일 아침에
쌍노무 상무 쉐키
전화를 받고 깼더니

이상은…

현실은… 부리나케 연락
(나에게서 막히면 안 됨)

우리는 하나

일요일만 되면 출근이 두려운 우리들

그런데 생각해보면 고딩 때도 이랬다.

초딩 때도 그랬던 것 같은데,

그때 함께 학교 가기 싫어했던
동네 친구 칠월이는

어려서부터 공부 잘해서
박사가 되더니만
젊은 나이에 교수가 되었는데

지금도 만나면 이런다.

가끔은 수업 준비를 하다 말고

★참고로 이 친구 교수도 일찍 되고
해외 유명 저널에 논문도 실음

방학 때 만나면

개강이 다가오면

때론 수업준비 한다면서
인터넷 쇼핑을 오래 해서
그 이유를 물어보면,

당당~ ㅣㅣ/

워밍업 중이야
일에 집중하기 위한
전 단계지~

뭐 이런 학생이랑
똑 같지??!!

칠월이를 보면
이런 상상을 하게 된다.
학생과 교수도 같은데
아마 김부장도
최차장도…

앙~
회사 가기 싫어~
사장님 싫어, 무서워~ㅠㅠ

아앙~
데굴데굴~

송창식이 부릅니다.
연휴 마지막 날
우리는 하나. mp3

4장

오피스의
뇌섹남

오피스의 뇌섹남

소개팅에선 잘생긴 남자가 갑이지만
회사에선 일 잘하는 남자가 갑이다.

선배 J를 봤을 때,
나도 모르게 흠칫… 했다.

선배는 야근왕답게 떡진 머리에
개발자의 상징, 체크무늬 남방을
입고 있었다.

그러던 어느 날,
선배가 본인 프로젝트를 발표하는데…

뭐… 뭐지?
갑자기 선배가 왜 섹시해 보이지?
선배, 이런 사람인 거,
여태 숨기고 있었던 거야?

선배와 일해본 여자들은
선배에게 은근한 호감을
갖게 되었다.

그런가 하면
소개팅에서 보면
미친 외모인데

천상의 외모

주변 인물들을
1초만에
오징어 배경처리 -

입만 열었다 하면,
농땡이, 변명, 험담, 궤변,
입으로만 일하는 ㅠ

이런 붕····ㅅ

하지마, 하지마 제발!!

말이야
막걸리야

제발 그런 말로
내 환상을 깨지 말아줘···ㅠㅠ
차라리 말을 마라.

그 사람을 제대로 알려면
함께 일해보라 했던가.

모쏠남, 모쏠녀라도 걱정 마세요.
뇌섹남은 사랑입니다.

정말 나 섹시해?

50분만 나의 남자

헬스장에서 PT를 받기 시작했다.
매우 잘생긴 정우성을 닮은 쌤이
배정되었다.

하하하
회원니임♥

영차~
더
당기세요~

스트레칭이나 스쿼트를 할 때면,
약간의 스킨십이 생기는데
좀 부담스럽지만 역시 정우성이라서일까,
그냥 냅두고 있다.

하지만
이 다정한 정우성은
50분이 되면
정확히 돌아선다.

퍼뜩
읍써!

5초나
지났자나!!

네, 다음
고객님~ ♥

쌔…
쌤…?
암 두잉
스쿼트…

그는, 50분만 나의 남자

환영합니다

황금 같은 주말,
소개팅이 예정되어 있었다.
목요일쯤 되니 주말 소개팅이
너무 하기 싫다.

소개팅이라...
구찮아
곤피 곤피

일정을 조정하고
하이힐 대신 운동화 신고
혼자 영화 보러 가는데
날아갈 듯…

♪♬ 신난당~

(소개팅이 일 같아졌어요.
혼자 노는 게 더 좋아요.ㅠ)

그런데 도착해보니
그곳은…

어서 와.
건어물 세상은 처음이지?

이…
이곳은…?

건어물 세상에
눈 뜨고 말았어요 ㅠㅠ

너무
치명적이얌...
헤헤헤...

146

애꿎은 이불만

오늘은 이불에 대고
백만 번
하이킥 할 것 같은 밤

- 애꿎은 이불만 밤새 하이킥 ㅠ

교수님에게 배우는 연애 1

하버드 생물학 박사,
통섭의 아이콘 최재천 교수가 말하는
자연법칙은 심금을 울린다.

최재천 교수는 이렇게 말했다.

자연법칙은 원래 90%의 수컷이
암컷을 찾아 헤매야 정상인데,
뭔가가 단단히 잘못되어
현대에선 모쏠 여자가 존재하는 것이다.

자연으로 돌아갑시다.
더 이상 자연법칙에 역행하는
문명은 거부한다!

원시인
쑥쑥

＊ 모쏠 남성 여러분,
당신이 모쏠인 건
지극히 자연스러운 일입니다.
정상입니다.

교수님에게 배우는 연애 2

얼핏 들으면 야매 같은데
연대 심리학과 서은국 교수 얘기다.

보통 실연을 하면
뇌에 고통 알람이 울리는데
그 부위가 발가락이 잘릴 때
고통 알람이 울리는 곳과 같다고 한다.

교수님의 해법은
발가락을 다쳤을 때 진통제를 먹듯이
떠나간 연인 때문에 소주를 마시느니
타이레놀을 먹어보라는 것.

실험에 따르면
실제로 아픔이 덜해진다는 결론이다.

우주적 관점

조선시대에는
아들을 낳지 못하면
딸이 열이라도
죄인이라고 했지.
지금은 말도 안 되는 소리.

백년 전에는
갑돌이 갑순이 손만 잡아도
동네 흉이었다며.

지금은
소돔과 고모라 시대. 우여어~

혹시 지금
스트레스를 받는 일이 있어도
취직이 힘들어도
결혼을 안 했어도
아직 베이비가 없어도
남들과 좀 다르다고 해도
큰 문제는 아닐 거야.

우주적 관점에서는
뭘 해도, 뭘 하지 않아도
괜찮을 거야.

괜찮지 않아도 괜찮아.

관계자 외 관심금지

사람들은
남의 사정에 관심도 없으면서
툭툭 얘기를 던지곤 한다.

악의 없는 얘기이기에
신경 쓰지 않지만
그래도 가끔 이렇게 대답하고 싶다.

쑥쑥기
언제 결혼할거니?
올해는 국수좀 먹자!

회사 선배 박영식
특징 : 눈치 없음

왜여?
선배 혹시 저랑
결혼할라고요?

희번뜩

나랑 결혼할거
아니면
말을 말어.

쑥쑥기, 이러다가
애는 언제 낳을래?
이미 노산이야~

회사 김부장(48)
특징 : 진한 다크써클
일도 말도, 그냥 막 던짐

부장님이
키워주실래여?
그럼 애부터 낳죠오

육아 해결!

키워줄 거 아니면 셔럽

노산해도 내 배 아퍼 낳을팅게~

쑥쑥기 일안 한다여?
그렇게 공무원, 교사 하라고 해도
말을 안듣더니…

명절 때만 보는 친척
특징 : 딸이 선생님

교대 편입할 테니
학원비 좀
보태주실래예?

잔액부족
통장

아직도 내 진로 걱정이라니-
회사 잘 댕기고
있습니다~

저는 가끔 외롭고,
아기 걱정도 되고,
미래도 걱정되지만,

지금 이대로도
괜찮아요.

(「우주적 관점」 참조)

정부가 나서라

시장경제에서 가격은
수요와 공급에 따라 결정된다.

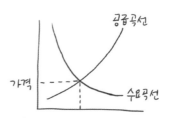

그런데 수요 공급이
잘 작동하지 않아
부작용이 우려될 때는

정부가 나선다.

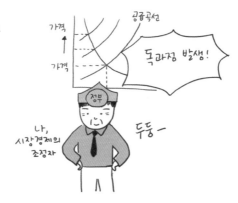

연애도 마찬가지다.
어디엔가 나에게 꼭 맞는
짝이 있는데.

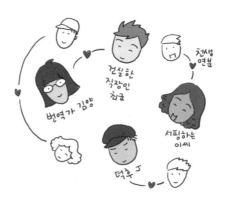

시장경제가 작동하지 않아
빈익빈 부익부, 모쏠이
생겨나는 것이다.

역시 해결책은
정부가 나서야 한다!

기업도 동원돼야 한다.
독거세대 증가,
저출산 문제는
정부와 기업이 함께
나서야 한다!

눈에는 눈,
이에는 이다.

임계점

누군가 임계점을 얘기했다.

전혀 다른 물질, 상황으로 바뀌는 것에 대한
물리적 용어지만, 생각해보면 사는 얘기다.

겉으로 보기엔
아무 일도 일어나지 않는 것 같지만,
액체로 기체로 변하기 전
상상할 수 없는 에너지가 모여드는 것처럼
우리 또한.

백날 들어도 뭔 소린지
절대 안 들리던 영어가
정말 백날 귀에 달고 듣다 보면
어느 순간 느리게 느껴지면서
전치사까지 들릴 것 같은 환상적인 경험.

내가 그렇다는 얘긴 아니다. -_-;
한 3,000시간 들으면 귀가 트는 경지에
도달한다 한다.

누군가를 좋아할 때도.
마음을 꾹꾹 누르다 보면 어느 순간
부정할 수 없는 때가 온다.
늦은 밤 뛰어가게 되는 그 순간,
보고 싶다는 것 외에는
아무것도 없는 그 순간이 임계점이다.

일하다가도 정말 부족하구나 하고
돌아서게 되는 순간이 있다.

포기하고 돌아서는 그때,

끓어 넘치려던 물이 식기 시작하고

들릴 듯 말 듯하던 영어가 저 멀리 사라지고,

우리의 추억은 만들어지지 않는다.

어쩌면 내공이란 타고나는 게 아니라

그런 임계점 직전에서

한 발짝 더 나아갈 수 있는 힘일 것이고,

큰 사람이란 많은 임계점을 경험하면서

온 몸과 마음으로

여러 번 끓어 넘쳐본 경험이 있는 사람일 것이다.

냄비가 스타워즈 요다를
닮았네? ^^

5장

그 많던
꿀은 누가

출근길 택시

출근길 허둥거리며 택시를 탔다.
머리가 하얀 할아버지 기사다.
내릴 곳을 설명하자 조용히 되묻는다.

"통근버스 타세요?"

택시는 복잡한 거리를
물고기처럼 유유히 지나
통근버스 앞에 산뜻하게 차를 대준다.

차를 내리는 나를 뒤돌아보며
머릴 숙여 꾸벅 하며 던지는 인사,

"안녕히 다녀오세요."

할아버지, 정답다.

낯선 이를 냉대하지 마라.
그들은 변장한 천사일지 모르니.
막 이 시를 읽고 난 후.

출근길 러시아워를 헤쳐가는
할아버지 기사님···

'안녕히 다녀오세요'라는 인사에 감동했어요.
보통은 안녕히 가라고 하는데 말이죠.

출근길 버스

출근길,
이 버스가 도시를 떠나
바다로 가주었으면

평범한 고독

퇴근길 나는

늦은 밤
야근을 마치고
빌딩숲을 빠져나온다.

오늘은 특별한 일도 없었는데,
어쩐지 조금 우울한 기분.
올해도 다 갔네.

나 …
잘 살고 있는 건가.

치열하게 살기

학교 다닐 때 선배들은 얘기했다.
오늘 내가 헛되게 보낸 하루는,
어제 죽은 이가 그토록 갈망하던 내일이라고.

그래서 학점도 챙기도 동아리도 하고
취업 준비도 하려고 노력했는데

사실 그땐 대충 살아도 됐기 때문에
치열하게 살려면 특별한 노력이 필요했다.

오옷...
토익 900 넘은 친구닷!
저런 언어천재!

지금 들어오는 신입사원들은
900 넘는 사람들이 넘쳐난다.

하지만 요즘은 치열하게 살라는 말이
들리지 않는다.

모두가 전속력으로 달리기 때문인데

치열은 기본,
더 치열은 선택인 세상

가끔 모든 걸 제끼고 놀다 보면,

나 혼자서만 게임의 법칙을
따르지 않는 듯한 기분이 든다.

콩콩콩~

대충 좀 살아야
치열하게 사는 이들이 빛을 보지 않겠나.

몰라
배째—

나는 이제 전속력 달리기 그만 할란다.

선배의 꿈

회사 선배의 어렸을 때 꿈은
누구나 한번쯤 꿈꿔본
만화가게 사장이었다고 한다.

어느 날 그 선배는
정말로 만화가게를 내기로 결심했는데.

걱정은 딱 하나,
대기업 다니는 딸래미를 자랑스러워 하는
엄마였다고.

선배는 어떻게 얘기를 할지 망설이다
고민 끝에 얘기를 시작했는데…

엄마, 나
회사 그만두려구.
이직하려는 건
아니구 있잖아…

엄마는 상상도 못할 텐데…ㅠㅠ

선배네 엄마는 대번에

그렇게 선배는
정말 만화가게를 기획하기 시작했고
그 꿈은 판타지 만화처럼 이루어졌다.

얼척이 없는 꿈이라도
현실로 이루는 사람들이
많아졌으면 좋겠다.
선배의 건투를-

그 많던 꿀은 누가

고등학생들은 대학에 가려고
그 시절 자신의 적성을 찾지 못하고,

대학생들은 취직 때문에
인생의 황금기조차 토익공부로 보내지만

막상 힘들게 취직을 해도
인생은 달라지지 않고,
끝없는 고민의 연속이다.

열심히 하면 언젠가는
좋은 날이 올 줄 알았다.
당했다.

그 많다던 꿈은
누가 다 먹고 있을까.

꿀, 빨고 잡다.

언제까지 달릴 텐가

세상은 우리에게
바라는 게 너무 많다.

어려서는 부모님 말씀만 잘 들으면 되었고
어른이 되고 나면 뭐든지 내 맘대로
살 수 있을 줄 알았는데

세상은,

뭔가에 계속 미치라 하고

그런가 하면,

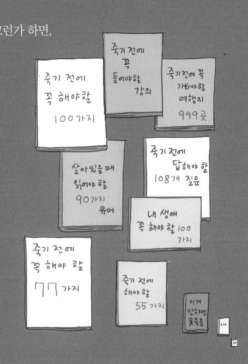

죽을 때까지 뭘 자꾸 배우라고…

정말 중요한 건 뭘까

고딩 때 영어쌤은 영어가
제일 중요하다고 했고

수학쌤은 수학이,

$$x = \frac{-b \pm \sqrt{b^2 - 4ac}}{2a}$$

국어쌤은 국어가
제일 중요하다고 했다.

사회에 나오니
언제는 소셜이
세상을 바꾼다고 하고

어느 땐 모바일이
또 언제는 빅데이터가
세상을 바꾼다는데,

Big Data?
큰 자료?

정작 세상을 바꾼
빌 게이츠는
이런 말을 했지.

전쟁이나 기아, 질병에 비하면
어떤 OS를 쓰는지는
중요하지 않다고.

정말 중요한 건 뭘까.
미래의 나에게
물어보고 싶다

지금 이 순간,
나는 무엇을
했어야만 했는지.

지금 하고 있는 일들이
삽질은 아니었으면…

모래알 같은 날들

회사생활을 하다보면

때로는 사소한 일에도
대단한 사람이라도 된 것처럼
우쭐하기도 하고

때로는 세상의 먼지처럼
하찮게 느껴지기도 하는데…

말하자면 오늘이 그런 날이다.
승진하지 못한 날.

승진이란 게 뭐,

인생을 살다가
가끔씩 얻게 되는
이벤트 같은 거지만

마음에도 없는 말을 하고

사표도 한번 쳐다보았다가
퇴직금도 얼추 계산해보았다가

장그래처럼 나도
최선을 다하지 않았다고
생각하고 싶다.
그렇게 생각하면 맘이 조금
괜찮은 것 같다.

. . . .

후아—.

고마워 가끔은

생각해보면
이 지긋지긋한 회사도
고마울 때가 있다.

월급을 모아
부모님께 저녁을
사기도 하고

가끔 여행도 가고

한 달 동안 고생한
나를 위해
작은 선물을 사기도 한다.

하지만 정말 고마운 것은

아무것도 모르는
스물세 살짜리 여자애에게

기회를 주고
그렇게 어리버리
사회에 첫발을 내딛게 하고

이젠 사내정치도
정글 같은 사회도
헤쳐갈 수 있게 해준 것.

아이 띵크...

왠
바람이...

그러고 보면
가장 고마웠던 건 첫 회사

그건
쑥맥 같았던,
세상과의 첫 연애였다.

＊ 지금은 몇 번째 연애인지...

겨울 정류장

대학 4학년의 겨울

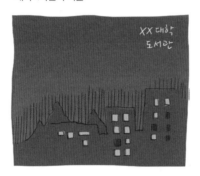

광탈메일을 하루에만 3통 받고 나서,

집으로 가는 길에 폭설이 내렸다.

펑펑 눈이 오는 정류장에서

유독, 내 버스만은 도무지 오질 않았다.

점점 어두워지는 버스정류장에서

저 멀리 버스가 오는가 싶더니

다시 남아 있던 사람들만 태우고 사라지자

왠지 –

울고 싶어졌다.

나의 버스는 정말로 오는 걸까.

나의 인생은 시작될 수 있을까.

너희가 위기를 아느냐

원래 위기는 이런 뜻이지만
회사에서는 좀 다르게 쓰인다.

위기 危機

관련어휘

명사
위험한 고비나 시기

· 위기 상황
· 위기를 극복하다.
· 위기를 넘기다. [예문보기▼]

회사에서는 잘 안 되면 위기고

매출 추이

어닝쇼크
Earning
Shock!!!

큰일
이다!

잘되면,

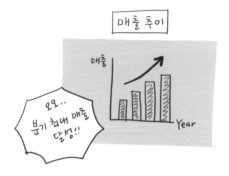

진짜 위기란다.
방심하면 끝이란다.

맨날 위기래.
십 년 동안 위기 아닌 적이
한 번도 없어, 아주 그냥… 확 마..

(* 진짜 위기면 직원들에게 말 안하고 자름)

조직개편의 계절

수출 둔화, 중국의 선방, 어닝쇼크.
나와 별 상관없어 보이던
이 모든 것들이 합쳐지자

회사에서는 각종 찌라시가 난무했고,
귀가자 명단이 나돌았다.

그리고
이삼십 년을 일한 부장, 상무, 전무가
줄줄이 집으로 귀가하셨다.

하루아침에
평생 하던 일을 내려놓게 된
상무의 뒷모습이 쓸쓸한 이유는

그 뒷모습이 십 년 전
아버지의 모습이었고,
십 년 후 내 모습이라고 생각하기 때문에.

결국 우리 모두의 미래 직업은

그렇게 직딩이 된다

어떻게 직장인이 되었냐구?

고딩 때는 나름
열심히 공부했어 .
그리고,

토익공부하고
학점관리하며
순식간에
대학을 나와

몇 번의 연애와

이별도 하고

뽑아주신 회사에 들어가니
시간은 정신없이 지나가는 거야.
2배 빨리감기 한 것처럼.

순간순간 최선을 다해
열심히 살아왔는데
나는 되게 평범한
회사원이 되어 있었어.

가만 있자…
내 꿈이 뭐였더라…?

이직

누군가는 비전을 보고 이직을 하고

" 소진되는 느낌이 싫었고,
새로운 곳의 비전이 마음에 들었죠."

누군가는 연봉을 보고 이직을 하지만

누군가는 이런 이유로 이직을 한다.

그건 선배들이 말하는 가장 피해야 할 사례인대요?

그건 사실 명분이고,
정말 마음속 깊은 곳에서는
나는 공산당, 아니 이 회사가
싫었던 거죠.

그렇게 이직하고도 괜찮았나요?

주마등같이 엇듯~

후

사실은 그렇게 이직하고
후회한 적도 많았어요.
생각만큼 좋지 않기도 하고,
딱 맞는 직장은 없었으니까요.

어떤 곳은 일은 좋지만
사람이 싫었고,
또 어떤 곳은 사람이 좋은 대신
일이 싫었죠.

일도 사람도 좋았던 곳은
금방 망해버렸어요. ㅠㅠ

그렇게 생각하면
어느 직장이나 비슷하니까
걍 마음가는 대로 하는걸로 -

퇴직 결정할 땐
이런 마음이었는데

막상 이직한다니 …
패기는 간 데 없고
두려움이 앞섭니다 —

하 …
정말로
이직인가 —

그렇게 쑥쑥이는 초절정 보수적인
대기업에서 외국계 회사로
이직을 하게 되었습니다.

과연 그녀의 원형탈모에는
새로운 머리카락이 날 수 있을까요?

외국인 무셔무셔 —
비나이다 ~

영이야,
친해지길
바라 ~

외국계로 간 오피스레이디···

착각

휴일이면 시도 때도 없이
회사에서 걸려오는 전화

휴가 내려고 하면

그래서 내가 엄청 핵심인재인 줄
알았는데

막상 퇴사를 하게 되자

그런데…

이상한 기분이다.
어딘지 모르게 배신감이 느껴져…

이제야 예전에 퇴사하고 자꾸 연락 오던
옛 동료가 이해가 된다.

전화 오면 엄청 싫을 텐데도
막상 왠지 모를 배신감이 느껴지는 게
알다가도 모를 일이다.

오랫동안 나는

오랫동안 나는
진정한 삶이
곧 시작되리라고 믿었다.

그러나 내 앞에는 언제나
온갖 장애물과
먼저 해결해야 할 일들이 있었다.

아직 끝내지 못한 일들과
바쳐야 할 시간들과
갚아야 할 빚이 있었다.

그런 다음에야
삶이 펼쳐질 거라고
나는 믿었다.

마침내 나는 깨닫게 되었다.

그런 장애물들이 바로
내 삶이었다는 것을.

                    - 알프레도 디 수자 -

함부로 애틋한
직장연애사

예고편

가족과 함께보다
더 많은 시간을 보내게 되는 사무실.

얼핏 조용해 보이는 이 공간,
건조한 사무실의 공기 속에는
수많은 애틋함이 녹아 있다.

맨날 보는 얼굴에
한없이 평범하기만 한 우리지만
어느 순간부터 갑자기 그가 멋져 보이고
그녀가 예뻐 보이는 미스터리 –

그는 갑질하던 재수똥
클라이언트일 수도 있고,

무뚝뚝하게 야근만 하던
츤데레 사수일 수도,

짜장면 얼룩이 묻은
체크남방의 개발자일 수도 있고

심지어 나이 차이 많이 나는
신입사원일 수도 있다.

하지만 어설프게 애틋했다가
일도 연애도 그르칠까봐
우리는 무심하다.

그래도 함부로 애틋해지고 마는,
절망의 오피스레이디 직장연애사
이제부터 시작합니다.

애틋한 의사결정

기업의 미래는 근면성실이 아니라
경영자의 의사결정에 따라 좌우된다.

빠리 해도, 늦게 해도
대세에 큰 영향 없음.

누군가는 남들이 안할 때
홀로 특단의 결정을 하고

세상에 없던 폰,
아잉폰ㅡ

아이 뱅 이즈 줍스

우어어어어ㅡ
날 가져요ㅠㅠ
잡스형ㅡ!!!

또 누군가는 한참 늦은 시점에도
아무것도 안한다.

정신차려 이 친구야

에이,
아잉폰인지 뭔지
누가 전화기에
백만원을
쓰겠어,
앙?

어쩌면 지금의 나를 만든 것도
부지런함이 아니라
순간순간의 선택이었을 것이다.

일을 하겠다는 결정,
그를 사귀겠다는 결정,
오래 만났지만
헤어지겠다는 결정…

그런 수십 년에 걸친
크고 작은 결정들이
지금의 나로 이끌었다.

이름 : 쑥쑥이
상태 : 싱글, 회사원
취미 : 그림 그리기, 드라마 보기

그중에서도
중증의 결정장애가 있는 쑥쑥이에게
유난히 어려웠던 분야가
연애였는데 —

당췌 모르겠어.
차라리 아무 선택도 하지 않을래… ㅠ 하고
자포자기하고 있을 때
나에게 영감을 준 친구가 있었으니…

바로 내 친구 삼월이다.
무인도에서도 연애를 할 수 있는
금사빠—

말하자면 이런식—

<u>20살 때</u>

<u>22살 때</u>

그렇게 연애에 연애를 거듭하던
삼월이가 남친과 헤어진 후 어느 날
우울하게 얘기했다.

난 제대로 된 직장도 없고
쓸데없는 연애나 하고,
너무 철없이 살고 있는 것 같아···

나, 한심하지···?

그리고 삼월이는
작은 회사에 입사해
일만 죽어라 해보기로 하는데

그런데
이 후줄근한 아저씨는 누구 …?

그 다음부터 삼월이는 이랬다.

난 친구의 창창한 미래가
아깝게만 느껴졌었다.

10년이 지난 후 지금은

삼월이는 자신에게 맞는
빠르고 대담한 의사결정을
했다는 생각이 든다.

휴~ 부장님이 보고서
다 보실 때까지 휴식~
그나저나 삼월이는 잘 사나...

각자에게 맞는 최선의 선택으로~

아하하하하~
까야~

두 아이의 엉마

엉마~

가끔은 그런 삼월이가 부럽다.

그리고 나도 애틋한 마음을
함부로 질러보게 되는데...

우빈선배와 사수

때는 바야흐로,
회사에 막 입사했던 신입사원 시절

이제 나도 당당한
사회인이다! 꺄아 ♥

그는 나의 사수였다.

키가 장대처럼 컸다는 것 외에는
조금은 뚱한 모습으로 성실하기만 한,
존재감 제로의 그런 사람이었다.

그도 그럴 것이
내 눈에 들어온 것은
바로 옆 팀의 선배였기 때문이다.
편의상 옆팀 선배를 김우빈이라 칭하겠다.

하하하

우빈선배는 빛이 나...

선배는 회사 홍보 모델로도
활동하는 존잘남이었다.
그가 웃을 때는 세상이 다 환해 보였다.

다행히 사수와 우빈선배는 절친이었다.

그. 러. 나.
이 사수와는 정말로
친해지기 어려웠다.

당시 신입이었던 내게는
이해할 수 없는 업무가 주어졌는데
월요일 일찍 출근해
팀원들의 책상을 닦는 일이었다.

AM 8:30

십 년 전, 초절정 보수적인 회사의
극보수 부장은 그런 일도 시켰었다.
지금은 믿기지 않지만···

물론 동기들도 하나씩
시다바리 업무를 맡았지만,
책상을 닦는다는 얘기는 처음이었다.

쏴아

임원이 되려면
삼겹살을 3만 번 뒤집으라고
듣긴 했지만···

월요일 아침, 걸레를 들고
사수의 자리로 갔을 때
그는 뉴스를 보고 있었다.

나는 사수인 그가 이럴 줄 알았다.

하지만 그는 의자를 45도로 틀고
컴퓨터 아래까지 꼼꼼히 닦을 수 있도록
심지어 컴퓨터를 들어주었다.

그것도 일이라고
나는 묵묵히 닦았지만.

얼굴은 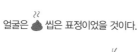 씹은 표정이었을 것이다.

윤이 나끼
닦아주마···
니기미···

그때부터였던가
딱히 잘못한 것도 없는
존재감 제로 사수를
미워하기 시작한 것은 –

연애의 시작

연애는 어떻게 시작될까.
돌이켜보면 어떤
결정적 순간이 있었다.

사수를 미워했지만
밉던 곱던 어쨌거나 대부분의 일을
그에게서 배워야 했다.

이게 뭐라고 기… 긴장돼!

그러다가 집에선 또 이랬다.

그래…
일단은 사수랑 친해지자.
미워해봤자 나만 손해지…

그러던 어느 날

전화 어쩜 ㅠㅠ
전화 받기는 막내의 주요 업무

어리버리 신입이었던 나는
그때 결정적 실수를 하고 만다.

결정적 실수 2탄

고객님의 알 권리 충족.
당당하게, 맑게, 자신있게!

그리고 어이없게도
난 태어나서 그런 욕은
처음 들어보게 된다.

더…
더이상 못듣겠어…
여긴 어디,
난 누구…

그리고 지금도 이해 못할
수퍼울트라 결정적 실수 3탄.

그리고 찾아온 평화

하지만 약 1시간 후

그때 무개념 몰개성 재수탱 사수가
안경을 벗어던지며 말했다.

회의실 밖에서 일어나는
그 모든 일들을 무력하게
지켜보고 나서

사람들이 나를 잊어줬으면 하는
영원 같은 시간이 흐른 후

장수원을 방불케 하는 로봇말투였지만…

그 순간, 힘든 세상이 조금 편안해졌다.

그렇게 사랑이 어리숙하게,
교통사고처럼 찾아왔다…

아직은 정의할 수 없는

예상치 못한 교통 사고 이후,

분명 뭔가 달달한 일이
생길 것 같았지만,

낫띵 해픈

이쯤 되면 러브라인
생기는 거 아니었어?

그렇게 무미건조하던
어느 날이었다.

선배, 혹시??
드디어 작전을 개시하는 건가...

\\\ 은 마음 속 이야기고,

현실에서 내가 할 수 있는
말이라곤

그래도 선배와 함께 있는 시간은 즐거웠다.

지하철 안내방송을 듣기 전까지는.

우리는 반대방향으로 가고 있었고
선배는 그 사실조차
모르고 있었다.

신이시여.
왜 저를 시험하시나이까…

그리고 난
본능에 솔직해지기로 했다.

그렇게 폭풍수다는 계속됐고

우리의 대화는
구파발역에서야 끝났다.

그날 밤 선배에게서 문자가 왔다

그땐 언젠가 이 이야기를
선배에게 해줄 생각이었는데
연애를 시작한 후에도
어쩌다 보니 하지 못했다.

"선배,, 그거 알아요?
저 그때 지하철 반대로 가는 거
알고있었어요··· "

연애인가요

선배의 소개팅 이후
난 선배에 대한 마음을 깨끗이 접었다.

하지만 포기하니까 좋아진 점도 있었다.
선배를 좋아할 때
난 냉동인간만큼 어색해했고

과민성 대장증후군도 있었지만,

막상 선배를 포기하자
냉동인간 증상도 사라졌다.

당시 직원들끼리는
술자리도 자주 있었는데

모임이 끝날 때쯤엔 은근히
사랑의 작대기가 나타나곤 했다.

물론 혼자 가는 사람도 있다.

그런데 한번은 걷다 보니

선배와 함께 걷고 있었다.

그땐 내가 냉동인간에서
깨어났을 무렵이었다.

그래서 이런 대화도 가능했다.

그렇게 우리는 점점 친해졌고
사적인 대화도 많아졌다.

그러던 어느 날이었다.
일찍 퇴근해 저녁을 먹으려
냉장고를 뒤져봤더니

그렇게 풋고추를 반찬 삼아
저녁을 먹기 시작했는데…

난 아마도 곧
세상에서 가장 매운 고추를
먹은 사람이 될 것 같은
느낌적인 느낌…

그리고 슬픈 예감은
틀린 적이 없지 —

그것은 정말 정신이 혼미해질 만큼
매운 고추였다. 정말이지 그렇게
매운 고추는 처음이었다.
세상에, 고추가 이렇게 매울 수가 있나.
이건 흡사 기네스북에라도 오를 만한
그런 고추다.

오 마이 갓스…

이건 보통 고추가 아닌데!

아, 쑥쑥!
나 퇴근했는데
왜, 무슨 일 있어?

아, 그게 아니구요~

제가 지금 집에서
저녁을 먹었는데요,
풋고추를 하나 먹었는데
이게 진짜 맵네요.
보통 고추가 아니에요.
정말 기절할 정도로요.

하려던
얘기가
그래서…?

아, 그 얘기
해줄려고요
흥흥흥

잠시 침묵이 흘렀고 …

…

아…
친해졌다고
너무 말도 안되는
얘기를…ㅠㅠ

아,
선배, 바쁜데
미안..

비밀의 연애

풋고추 사건 이후,
풍문으로만 들었던
사내연애가 시작되었다.

그것은 비밀의 연애.

번번이 이런 대화가 오고 갔고,
시간차 퇴근이 일상이 되었다.

그러다 보면…

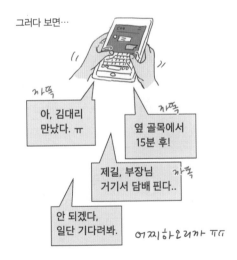

불편한 순간은 수시로 닥친다.

얼마 후 –

이런 일도 있다.

또 얼마 후-.

그 모든 불편함에도
쑥쑥과 친구들은 모두
비밀 사내연애를 했다.

그리고 비밀연애는
우연히 밝혀진다.

먼저 친구 A양
오랜 비밀연애에 지친 그녀는
여름휴가를 가기로 하고
공항에서 접선했는데

비행기 발권 대기하는 줄에서

친구 B는 더 철두철미했다.
비행기 발권도 따로, 좌석도 따로 앉았단다.
12시간 후 그들은 아무도 아는 이 없는
완벽한 장소에 도착했다.

그곳에서 처음 만나는 자유를
만끽하다가,

한편, 제주도로 여행 간 친구 C는
마지막 날까지
모든 것이 완벽했는데,

돌아오는 날, 이상폭설로 비행기 결항.
다음날 둘 다 출근 못함.

시작도 어렵지만
지키기는 더욱 어려운
사내연애, 하지만
그중에서도 가장 힘든 때는
연애가 잘 굴러가지 않을 때였다.

타이밍

매일 보는 비밀연애는
꽁냥꽁냥 알콩달콩했지만

행 복아요~

의외의 복병도 있었다.

일주일 내내 야근,
떡진 머리
보여주고
싶지 않아...

특히 선배 에긴
더욱ㅡ!

엘리베이터를 피해
계단으로…

똥–

또
예쁘게 차리고
온 날은–

선배는
꼭 외근이더라

신입이나 인턴이 들어오면
괜한 질투가 나기도 했고

늘 멋지게 보였지만
가끔은 이해 안 되는 순간이
생기기도 했다.

하지만 가장 힘들었던 건
비밀연애 그 자체였다.

어쩌다 누군가 물어보면

아버지를 아버지라 못하고,
남친을 남친이라 못하니… ㅠㅠ

그러던 어느 날.

선배가 날 진지하게
생각해주는 게 좋긴 한데…

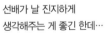

그땐 도통 결혼이란 게
현실적으로 와닿지 않았다.

가만...
세계여행은 어...... 유학도 가고 싶었는데.
자세히 보면
아참, 나 원래 ...... 좋아했는데-
암튼 결혼은 ......

❋ 주의. 지금도 그렇지만,
    그땐 정말로 철 없었다.

선배도 별 생각 없겠지...

아직은
생각 없고요,
서른 넘어서나...
선배는요?

아...
난 내년에는
할 생각이 있는데...
부담 갖지 마-
니 생각이 그렇다면.

하지만 몇 개월 후 내가 진지하게
결혼계획을 얘기해보고 싶었을 땐,

선배는 들떠 보였다.

막연한 불안감에도
선배를 붙잡을 생각은 하지 못했다.

앞으로 우리는 어디로 가게 될까.
걱정도 됐지만.

우리는 좀 다르다고
특별하다고 믿었던
시절의 이야기다.

나라면 절대

선배가 파견을 가기까지
6개월이 남아 있었고,
우리는 친한 동료들과 늘 어울렸다.

존잘려   쑥쑥   비밀연애   수지선배
우빈선배   사수

수지선배는 최고 스펙에
흰 피부, 검은머리의
청순한 미녀였다.

다가진 2녀

똑똑하고 예쁜 선배는
회사에서 인기도 많은
단연 주인공이었다.

주인공   주인공 친구

슬램덩크
채소연의 친구
희정이를
아시나요?

선배는 지금은 훈훈한 미녀지만
대학 때까지는 뚱뚱했다고 한다.
그래서인지 아직까지
뚱녀 마인드를 가지고 있었다.

실제 훈녀

이를테면
레스토랑에서 문간 자리로
안내를 받으면

나 때문에
문간 자리를-
아하하-

— 뭐 이런 식.

그러던 어느 날, 수지 선배와
사수 얘기를 하게 되었다.
(우리는 여전히 비밀연애였다)

다음날 회사에서
선배가 우리만 알던 미소를
던졌을 때

내가 한 말은―

선배에게 해명을 요구했을 때,

선배가 아니라고 얘기해주길 바랐지만,
선배의 답장은 이러했다.

니가 입사하기 전, 수지가
힘들어 할때, 도와주고 싶었고
수지를 좋아했던 건 사실이다.

하지만 모두 예전 일이고,
널 만난 이후 한번도 너에게
부끄러운 생각이나 행동을
한 적이 없다.

그리고 나라면 절대 그런 일로
너와 이별하지 않는다.

선배의 말을 믿었지만
용서할 수 없었다.
용서하기 싫었는지도 모르겠다.
헤어지자고 했다.

선배는 무엇을 잘못한지도 모른 채
사과하고 다시 시작하려 했지만
난 번번이 헤어지자고 했다.

지금 돌이켜봐도 그때 선배는
최선을 다했지만,
나는 도통 달라지지 않았다.

정말 헤어질 작정도 아니었다.
하지만 왠지 모를 아쉬움, 수지언니 사건,
선배의 파견이 마음에도 없던 헤어짐을 고하게 했다.

계속되던 선배의 전화가
어느 날 갑자기 끊겼다.
어디서 뭘 하는지 보면
회사 헬스장에서 운동만 하고 있었다.

한 달쯤 지났을까.
그가 궁금하여 어느 날 전화를 했을 때
그의 전화기는 꺼져 있었다.

전화기가
꺼져 있어
소리샘으로
연결합니다

30분 후에도, 3시간 후에도,
며칠 후에도 그의 전화는 꺼져 있었다.
그로부터 장장 한 달 이상 꺼져 있었다.

그리고 두 달 뒤,
다시 만나자고 내가 먼저
메일을 보냈을 때,
그는 나에게 짧은 답장을 보냈다.

평소 그와 어울리지 않는
자조적인 멘트 사이로,
무엇도 할 수 없게 만들었던 한마디.

더 이상 널 사랑하지
않는다.

그날 따라 재미도 없는 회식이었다.

술에 취해 횟집에서 나와
도로턱에 앉았다가

나도 모르게
소리내어 울었다.

그걸로 우리는 끝이었다.

다만 내가 바라던 좋은 부서로
옮기게 되었을 때
문자 한 통이 왔다.

내가 듣고 싶었던 말은
미안하다는 말이 아니라
사랑한다는 말이었는데
이제는 그런 일로 이별하지 않을 텐데…
그때는 연애도 이별도 초보였다.

보통날

우리가 헤어지고 얼마 후
선배는 파견을 갔고

나도 다른 부서로 이동했다.

곧 새로운 사람들을 만났고,

바쁜 일상이 지나갔다.

이별은 그리 힘들지 않았다.

이렇게 잊어버리는 거겠지.
나, 잘하고 있는 것 같아.
이대로 시간이 어서 흘러갔으면.

그러다 어느 출근길
버스에서 음악을 듣다가

라디오에서 –

아, 지오디다.
이 노래 많이 들었었는데.

♬ (god '보통날' 가사)
... 하루가 또 시작되죠
화사하게 빛나는 햇살이
반겨주네요...

♪ 오, 어떡하죠.
　나 그댈 잊고 살아요.
　오, 미안해요.
　나 벌써 괜찮은가 봐요.　E　아...

♪ 잊지 못할 사랑이라
　생각했었는데,

　잊혀져 가네요　v
　어느새

♪ 아무렇지도 않은 듯이
마치 사랑한 적
없는 듯이 𝄇

♪ 보통날이네요
어느새

우리 진짜

헤어진 건가 봐요, 선배―

．
．
．

그렇게 희미해져 갔다.

회의 가자…

ㅣ ㅣ ㅣㅣ 뚜벅뚜벅

뚝!!   아, 이 회의실…

끼익

절망의 오피스레이디

오늘도 출근합니다

1판 1쇄 인쇄 2016년 11월 28일
1판 1쇄 발행 2016년 12월 5일

지은이 킵고잉

발행인 양원석
편집장 김건희
책임편집 박민희
디자인 RHK 디자인연구소 조윤주, 김미선
해외저작권 황지현
제작 문태일
영업마케팅 이영인, 양근모, 박민범, 이주형, 장현기, 이선미, 김보영, 이규진, 김수연, 신미진

펴낸 곳 ㈜알에이치코리아
주소 서울시 금천구 가산디지털2로 53, 20층 (가산동, 한라시그마밸리)
편집문의 02-6443-8879   **구입문의** 02-6443-8838
홈페이지 http://rhk.co.kr
등록 2004년 1월 15일 제2-3726호

ISBN 978-89-255-6055-7 (03810)